El autobús mágico

viaja por el agua

El autobús mágico

viaja por el agua

por Joanna Cole / Ilustrado por Bruce Degen

Traducido por Isabel Cano / con la colaboración de José Luis Cortés

Scholastic Inc.

Nueva York · Toronto · London · Auckland · Sydney

*La autora y el ilustrador agradecen a Nancy Zeilig y a los técnicos
de la Asociación de Depuración de Aguas, de Denver, Colorado,
por su asistencia en la preparación de este libro.*

El ilustrador utilizó pluma y tinta, acuarela,
lápices de colores y aguazo para los dibujos de este libro.

Para Raquel

J. C.

Para el tío Jerry,
el "químico del agua"

B. D.

Nuestra clase ha tenido más mala suerte este año...
Nos ha tocado la señorita Carola,
la maestra más rara de todo el colegio.

Lo peor de la *Escarola* no son sus extraños vestidos
ni sus rarísimos zapatos.
Lo peor son las cosas tan extrañas que nos manda hacer.
¡Es que nos vuelve locos!
La *Escarola* nos obliga a dejar crecer
un asqueroso moho verde en trozos de pan,
a hacer maquetas de vertederos con arcilla,
a dibujar esquemas de plantas y de animales,
y a leer... ¡cinco libros de ciencias a la semana!

Los niños de las otras clases
van de excursión al zoo o al circo.
¿Y saben adónde vamos a ir nosotros?
A visitar ¡una depuradora!

10

Para preparar la excursión,
la señorita Carola nos había tenido
un mes entero en la biblioteca.
Tuvimos que averiguar de dónde venía
hasta la última gota de agua
que usábamos en nuestra ciudad.
También tuvimos que hacer
diez fichas con información interesante
sobre el agua.

A la mañana siguiente,
el viejo autobús del colegio
ya estaba esperándonos.
Pero... ¿y el conductor?
¡Horror! ¡La *Escarola* estaba
sentada al volante!

Al doblar la primera esquina,
el autobús se metió
en un túnel muy oscuro.
Cuando salimos,
habían sucedido cosas sorprendentes.
El autobús era distinto,
y nosotros también.
Todos llevábamos puestos un equipo de buceo.
¡Hasta la señorita Carola!

¡QUIERO IR CON MI MAMÁ!

13

3ª Ficha
En el aire que respiramos hay agua. Pero no podemos verla porque está en forma de gas invisible, llamado vapor de agua. Cuando el agua se evapora, pasa de la forma líquida a la gaseosa, y se eleva por los aires.

Clara

¡VAYA, ESO NO LO SABÍA YO!

¡ESTAMOS SUBIENDO!

La única que siguió tan tranquila fue la *Escarola*.
Continuó conduciendo como si nada.
Pero, en medio de un puente,
el autobús empezó a...

elevarse por...

15

Luego, la señorita Carola nos mandó hacer
la cosa más extraña del mundo:
nos dijo que saliéramos todos del autobús.
Nadie quería, claro.
Pero la *Escarola* amenazó con ponernos
más deberes si no obedecíamos.

¡YO PREFIERO
LOS DEBERES!

Algunos se acercaron
al borde de la nube;
debajo vieron muchas montañas.
¡Y cada minuto,
la nube subía más y más!

Poco después, todos éramos
tan pequeños como gotas de agua.
De hecho, cada uno estaba *dentro* de una gota.
Luego, éstas comenzaron a caer...
¡Y empezó a llover la clase
de la señorita Carola!

NIÑOS, NO SE
APARTEN
DEL GRUPO.

¡QUÉ SUERTE QUE
ME HE TRAÍDO
EL PARAGUAS!

¡EEEH!

El agua del embalse estaba muy sucia.
Teníamos cantidad de barro y basura
pegada al cuerpo.
—¡Vamos al depósito de mezcla!
–gritó la señorita Carola.
En el depósito de mezcla
se echa en el agua una sustancia
que se llama *alumbre*.
El alumbre forma grumos,
y toda la suciedad se pega a ellos.

ESTO YA ESTÁ MÁS CLARO.

¡TODOS HACIA ARRIBA!

6ª Ficha
Menos del uno por ciento del agua de la Tierra se puede beber. El resto es el agua salada de los océanos o el agua helada de los glaciares y de los casquetes polares.

Rafa

—¡Pasemos al depósito de sedimentación! —ordenó la señorita Carola.
Allí, los grumos se iban al fondo, y en la parte superior se quedaba el agua limpia.
Ahora nos dirigíamos hacia el filtro.

SUCIEDAD

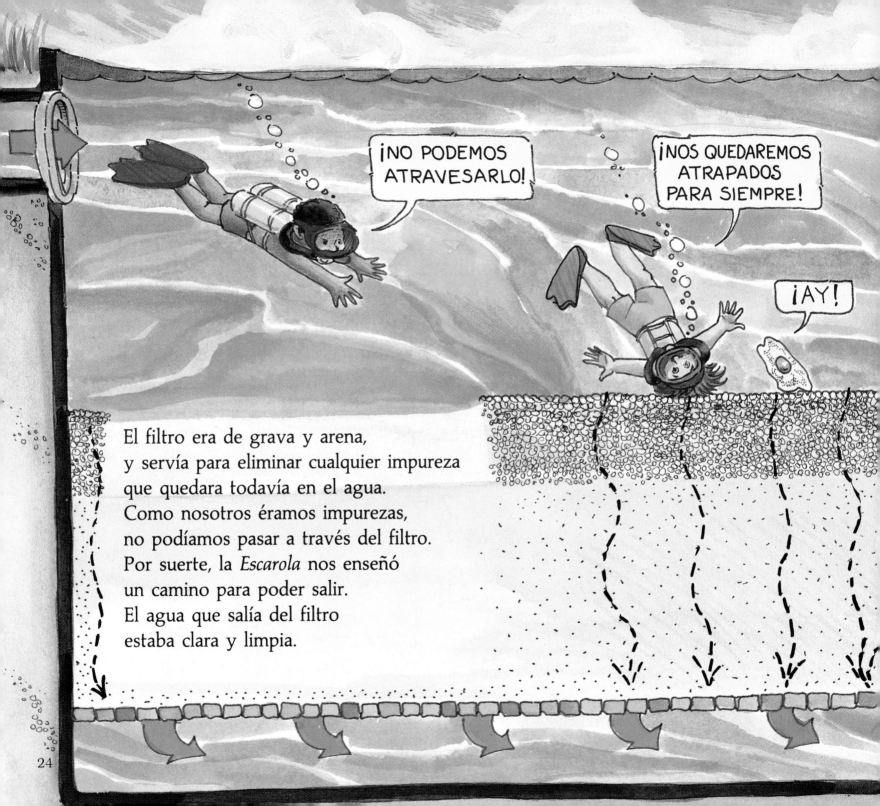

El filtro era de grava y arena,
y servía para eliminar cualquier impureza
que quedara todavía en el agua.
Como nosotros éramos impurezas,
no podíamos pasar a través del filtro.
Por suerte, la *Escarola* nos enseñó
un camino para poder salir.
El agua que salía del filtro
estaba clara y limpia.

7ª Ficha
El agua clara
no siempre es
agua potable.
Puede contener
gérmenes
que produzcan
enfermedades.

María

En la tubería que va desde el filtro
hasta el depósito de almacenamiento,
se añade al agua
una sustancia química llamada cloro.
El cloro mata todos los gérmenes nocivos.
También se añade flúor,
para que los dientes no tengan caries.
Como ya habíamos atravesado
todo el sistema de depuración,
creíamos que la excursión había terminado.
Pero la señorita Carola
no pensaba lo mismo.
—¡Todos al depósito
de almacenamiento! —gritó.

FLÚOR

CLORO

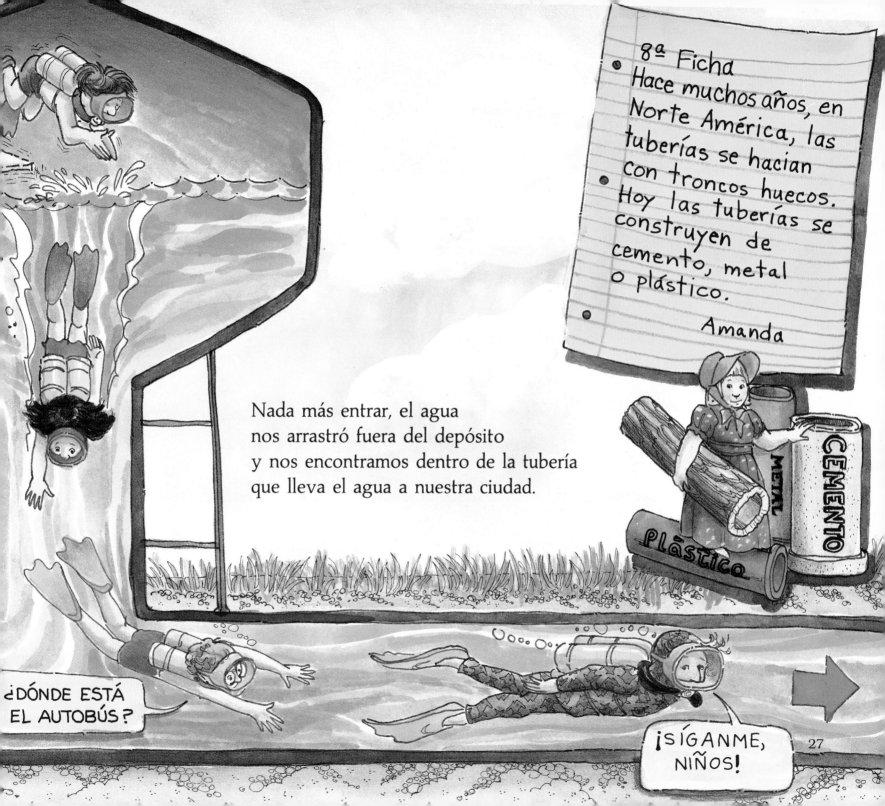

8ª Ficha
- Hace muchos años, en Norte América, las tuberías se hacían con troncos huecos.
- Hoy las tuberías se construyen de cemento, metal o plástico.

Amanda

Nada más entrar, el agua
nos arrastró fuera del depósito
y nos encontramos dentro de la tubería
que lleva el agua a nuestra ciudad.

PLÁSTICO

METAL

CEMENTO

¿DÓNDE ESTÁ
EL AUTOBÚS?

¡SÍGANME,
NIÑOS!

Luego seguimos
por las tuberías del agua
que van por debajo de las calles
de la ciudad.

LA FUERZA QUE EMPUJA
EL AGUA A TRAVÉS DE LAS
TUBERÍAS SE LLAMA

PRESIÓN DEL AGUA

DÉJENSE LLEVAR POR LA CORRIENTE, CHICOS

Una tubería más pequeña
nos llevó hacia un edificio.
Allí subimos por las cañerías
de las paredes.

9ª Ficha
En un grifo abierto,
la presión del agua
es tan fuerte que,
aunque intentes
taparlo con el dedo,
no puedes evitar
que salga el agua.
Teo

Cuando una niña de séptimo abrió el grifo del lavabo,
salió el agua... ¡y salimos también nosotros!
Aquel edificio era... ¡nuestro colegio!
Habíamos regresado.
Y teníamos nuestro tamaño normal.
También nuestros vestidos eran normales
(excepto el de la *Escarola*, por supuesto).

Cuando volvimos a clase,
la señorita Carola actuó
como si no hubiese pasado nada.
Dio de comer a nuestro lagarto
y nos puso a trabajar.
Teníamos que hacer un mural
sobre cómo llega el agua
a los edificios de nuestra ciudad.

¡ÉCHATE, PEQUEÑA!

Teo dibujó un niño
dentro de una gota de agua,
y la señorita Carola le dijo:
—¡Qué cosas más raras
se te ocurren, hijo!

Éste es nuestro mural.

35

Al final del día,
el viejo autobús estaba esperándonos
en el estacionamiento del colegio.
¿Cómo habría llegado hasta ahí?
¿Nos habíamos imaginado
nuestro viaje a través del sistema
de depuración del agua,
o había sucedido realmente?

LA ÚLTIMA VEZ QUE VI ESTE AUTOBÚS, ESTABA EN UNA NUBE. BUENO, ESO CREO...

La señorita Carola dijo que el próximo día estudiaríamos los volcanes.
Esto nos puso a todos un poco nerviosos.
Porque, con una profesora como la *Escarola*, puede suceder cualquier cosa.

37

NOTAS DE LA AUTORA
(SÓLO PARA ESTUDIANTES SERIOS)

Estas notas son para estudiantes serios, que no se andan con bromas cuando se trata de hechos científicos. Si tú lees estas dos páginas, sabrás qué hechos de este libro son verdad y cuáles fueron escritos como una broma. (También te ayudarán a saber cuándo tienes que reírte mientras vas leyendo el libro.)

Página 8: El moho que crece en el pan está formado por pequeñas plantas de una sola célula. Y ni habla ni hace ruidos.

Página 9: Las plantas no tienen manos ni llevan gafas de sol. Y dentro de la tierra no hay hamburguesas, ni papas fritas, ni refrescos.

Página 13: Aunque atravieses un túnel oscuro, no saldrás con un equipo de buceo.

Páginas 14-15: La fuerza de la gravedad hace que el autobús del colegio se mantenga en el suelo. No se puede elevar por los aires, ni entrar en una nube, por más ganas que tú tengas de no ir al colegio ese día.

Páginas 16-31: Los niños no pueden encogerse, ni meterse en gotas de agua y caer en los arroyos o pasar a través del sistema de depuración del agua. Los niños y las niñas no pueden salir por los grifos de los lavabos del cuarto de baño de las niñas. (Sobre todo los chicos, que no deben entrar nunca.)

Páginas 34-35: Es posible que el agua que llega a tu ciudad no venga de un embalse de las montañas, y que el proceso de depuración sea algo diferente al que figura en este libro. Hay ciudades que obtienen el agua de ríos, lagos, manantiales o pozos. ¿Sabes de dónde viene el agua de tu ciudad y cómo se purifica?

Página 36: Si un autobús se queda en una nube, no puede aparecer luego, de repente, en el estacionamiento del colegio por sí mismo. Alguien tendría que ir hasta allí, ponerlo en marcha y traerlo de vuelta a casa.